W0473635

PETER BUTSCHKOW

ÜBERLEBEN als Oma

LAPPAN

Oma!

UND WIEDER EIN **BABY!**

... und was für ein prächtiges, nur – dieses Mal ist es nicht von dir! Und trotzdem freust du dich wie verrückt? Kein Wunder, du bist seine Oma geworden! Das ist der Titel, auf den du lange warten musstest. Obwohl du meinst, schon alles gefühlt und erlebt zu haben, eröffnet sich dir jetzt eine neue Welt des Glücks. Deine Rolle erzeugt bei den leiblichen Eltern gelegentlich negative Schwingungen, manche interpretieren sie als Neid auf deinen reichen Erfahrungsschatz, andere schlicht als schnöde Eifersucht, weil dein Enkelkind dir so unverhohlen seine Liebe bekundet.
Aber spätestens, wenn sie dich fragen müssen, ob du mal Zeit hast, auf ihr Kind aufzupassen, ändert sich das rapide. Dann sind sie froh, dass sie eine so wundervolle Oma haben, die für ihr Enkelkind da ist. Und wenn das Kind eines Tages sprechen kann und verkündet: „Ohne meine Oma sag ich gar nichts", dann spürst du, wie unverzichtbar du bist und warum die Oma in den Biografien vieler berühmter Menschen so eine herausragende Rolle gespielt hat: „Meine Oma war der wichtigste Mensch in meinem Leben." Wer da keine feuchten Augen bekommt, der hat nie eine Oma gehabt. Armer, armer Mensch. Ich wünsche ein glückliches Oma-Leben und immer ein Enkelkind auf dem Schoß!

Peter Butschkow

Ich bin heute Oma geworden!
Nun erhol dich erst mal.

INHALT

Pscht, Süße.
Hör auf deine Oma.
Der Typ ist klasse,
kann backen und gut
mit der Schaufel umgehen.

WIE WIRD MAN OMA?

DIE VORAUSSETZUNG fürs Oma-Dasein liegt weit zurück, in der Kindheit, und beginnt quasi mit der eigenen Geburt. Vollauf beschäftigt mit der eigenen Entwicklung, fehlt der Heranwachsenden noch jeder Bezug zum Omasein.

Viele kleine Mädchen spielen aber bereits mit Enkelkinderpuppen und setzen damit ein erstes Signal. Und mit Beginn der Volljährigkeit und den unumgänglichen Ausbildungstorturen, zugleich verbunden mit dem Eintritt in ein entlohntes Arbeitsleben, macht sich die junge Frau flugs auf die Suche nach einem zukünftigen Opa. Diesen findet sie auf der Straße, in der U-Bahn, auf Partys, in Partnerschaftsvermittlungen oder ganz praktisch in der eigenen Firma. Hat sie sich für einen entschieden, beginnt der erfreuliche Teil der Geschichte: die Paarung. Erst mit dieser schafft sie die nötige Voraussetzung zum Omaglück.

Die anschließende Aufzucht des eigenen Kindes dient ausschließlich dem Zweck, es durch zielgerichtete Aufklärung und mit sanfter Führung zur Fortpflanzung zu bewegen. Funktioniert das nicht, war alles umsonst. In der Regel aber ist es erfolgreich, und mit dem Tag der Geburt des Enkelkindes darf sich Mutter dann endlich „Oma“ nennen. Und hat überglücklich ihr großes Ziel erreicht.

EIGNUNGSTEST FÜR OMAS

Diese honorarfreie, vom **DOB** (DEUTSCHER OMA-BUND) entwickelte, freiwillige Selbstbewertung gibt grobe Auskunft darüber, wie viel Kind noch in Oma steckt.
Der Test ist weder rechtsverbindlich noch gerichtstauglich, sondern bietet allein eine persönliche Einschätzungshilfe und ist nur für Omas nicht unter vierzig Jahren.

FALL 1:

Eine Oma wird auf dem Kinderspielplatz von jungen Müttern nach Ratschlägen gefragt. Pro Auskunft verlangt Oma 10 Euro. Eine Streife der Schwarzgeld-Fahndung nimmt ihr alles wieder ab.

○ GEFÄLLT MIR ☺
○ GEFÄLLT MIR NICHT 😏

FALL 2:

Weil ihr Enkelkind gefoult wird, stürzt eine Oma während eines Fußballspiels auf den Platz und zeigt dem Verursacher die Rote Karte. Wie sich

Auf deinem Handy wimmelt es ja von Enkelkindern.
Und das sind nur die Mädchen!

anschließend herausstellt, handelt es sich dabei um eine Fälschung. Oma kommt mit einer Verwarnung davon.

○ GEFÄLLT MIR 😊
○ GEFÄLLT MIR NICHT 😒

Ausflug mit Oma

FALL 3:

Eine Oma hilft ihrem Enkelkind bei einer Hausaufgabe für Erdkunde. Tage später erhält das Enkelkind dafür dann eine schlechte Note. Als Korrekturvermerk steht u. a.: „Falsch! Die Malediven sind nicht die weiblichen Einwohner von Mallorca."

○ GEFÄLLT MIR 😊
○ GEFÄLLT MIR NICHT 😒

FALL 4:

Eine Oma bleibt im Spaßbad mitten im Wasserrutschen-Tunnel stecken. Ihre Enkelkinder organisieren einen Splash-Mob, der vereint hinunterrutscht und mit lautem „Rohr frei!" die Oma wieder aus der Röhre drückt.

○ GEFÄLLT MIR 😊
○ GEFÄLLT MIR NICHT 😒

FALL 5:

Als eine Oma mit ihrem Enkelkind in München auf ein *Duran Duran*-Konzert geht, begrüßt Simon Le Bon sie übers Mikrofon ganz persönlich. Auf die Frage ihres verdutzten Enkelkindes, woher dieser charismatische Engländer sie eigentlich kenne, antwortet sie: „Aus dem Englischen Garten."

○ GEFÄLLT MIR 😊
○ GEFÄLLT MIR NICHT 😒

FALL 6:

Damit eine Oma es mit ihrer Enkeltochter pünktlich zum Ballettunterricht schafft, setzt sie sich ein falsches Blaulicht aufs Autodach und rast hupend durch die Stadt. Als eine Polizeistreife sie zum Halten zwingt, verteidigt sich die Oma mit einer Wasserpistole.

○ GEFÄLLT MIR 😊
○ GEFÄLLT MIR NICHT 😏

FALL 7:

Die früher heimkehrenden Eltern erwischen die Oma, wie sie mit ihren Enkelkindern heimlich einen Film über die Herstellung von Gummibärchen schaut. Sie flüchtet und wird durch eine Großfahndung bei DOUGLAS gestellt.

○ GEFÄLLT MIR 😊
○ GEFÄLLT MIR NICHT 😏

FALL 8:

Eine Oma mietet sich mit ihrem Enkelkind ein Tretboot. Wochen später strampeln die beiden quietschvergnügt in den Hafen von Monaco ein und gehen gleich zum Spielen ins Casino.

○ GEFÄLLT MIR 😊
○ GEFÄLLT MIR NICHT 😏

Hab ich für meine Enkeltochter aus Slowenien importiert.
Süß!

DIE OMA

WAS WÄR die Welt bloß ohne Kinder,
ganz ohne diese Zwerge,
das wäre so, als gäbe es
nur Flüsse ohne Berge.

Auch gibt das weise Leben
als Heger und Berater
dem Kind für seinen Lebensweg
die Mutter und den Vater.

Doch obendrauf in Schenkerlaune,
die man vom Leben kennt,
beschert es eine Lichtgestalt,
die man kurz „Oma“ nennt.

Wie die Kartoffeln in der Schüssel,
gekrönt von Petersilie,
ist die Person der Omama
das Salz in der Familie.

Wenn die Eltern nur noch stöhnen,
von ihren Kindern arg gestresst,
steht da die souveräne Oma,
den Enkel an ihr Herz gepresst.

Oma ist im Haus die Perle,
voll Geduld und Güte,
hat jederzeit ein off'nes Ohr
und Bonbons in der Tüte.

Oma liest aus Märchenbüchern,
Oma spielt das Zauberland,
Oma trocknet jede Träne,
Oma hat die wärmste Hand.

Oma ist auch Anwältin,
ihr Enkel ihr Mandant,
denn Oma hat vor langer Zeit
ein Elternteil als Kind gekannt.

So kann sie Eltern Lügen strafen
für ihre fiese Nummer,
als wären die nur brav gewesen
und machten niemals Kummer.

So ist die Oma unersetzlich
für Liebe und Verständnis,
und schließlich nimmt das Elternpaar
mit Freude das zur Kenntnis.

OMAS **MARMELADE**

OMA KOCHTE IMMER köstliche Marmeladen, unsere Speisekammer war voll davon. Je nach Saison versorgte sie uns mit Erdbeer- oder Blaubeermarmelade oder auch mit Quittengelee.

Als Oma mit ihrer Produktion begann, ging unser Sohn in die dritte Klasse. Wir saßen jeden Morgen gemeinsam beim Frühstück mit ihm am Tisch, und Omas Konfitüre rangierte auf seiner Favoritenskala sogar noch vor seiner so geliebten Nuss-Nougat-Creme. Er schmierte sich jeden Morgen mindestens zwei knusprige Brötchen randvoll mit Omas köstlicher Marmelade. Wir selber bevorzugen eher Deftiges zum Frühstück.

Als uns sein Klassenlehrer anrief und uns darauf ansprach, dass ihm aufgefallen sei, dass unser Sohn neuerdings in einer merkwürdig launigen Verfassung sei, wussten wir zunächst überhaupt nicht, woran das liegen könnte.

Tage später, als ich zufällig einen Löffel mit Marmelade in die Spülmaschine legen wollte und ihn kurz abschleckte, kam mir ein Verdacht. Ich rief bei Oma an. „Sage mal, was tust du denn eigentlich so alles in die Marmelade?", fragte ich sie.

„Früchte, Zucker, bisschen Zimt, ein wenig Zitrone – und einen Schuss Obstler, der bringt das gewisse Etwas rein", antwortete sie.

„Waaas?! Mit dem gewissen Etwas im Kopf geht dein Enkelkind angetrunken in die Schule!", schrie ich.

Oma war untröstlich und versprach, nur noch alkoholfreie Marmeladen zu machen. Die alten habe ich dann heimlich selber verköstigt ...

Wie alt is'n deine Oma?
So was fragt man nicht!

ENKEL**KINDER**

ENKELKINDER SIND KINDER von Eltern, deren Eltern dadurch Großeltern wurden. Die Eltern der Großeltern wiederum nennt man Urgroßeltern. Kleine Kinder denken oft, dass die in einer Uhr leben, das ist aber genauso falsch, wie der Irrglaube, dass Großeltern über zwei Meter groß sein müssten.

Woher die Bezeichnung „Enkel" kommt, sollte man mal googeln, meistens ist man danach aber noch dümmer als vorher.

In uralten klösterlichen Büchern fanden Enkelforscher zwar eine Erklärung, die war aber nicht mehr lesbar. Deshalb einigte man sich darauf, den Begriff „Enkel" einfach so stehen zu lassen und ihn nicht weiter mit Recherchen zu quälen. Grundsätzlich also sind Enkelkinder ganz normale Kinder. Das Bewusstsein jedoch, dass sie im Hintergrund über ein alternatives Paar erfahrener Eltern verfügen, auf welches sie bei eventueller Unzufriedenheit mit den Haupteltern ausweichen können, trägt viel zu ihrer Ausgeglichenheit und Belastungsfähigkeit bei. Enkelkinder sind mit ihren Eltern toleranter und im Alltag deutlich besser gelaunt.

Vorsicht! Oma gegen Rechts!

WARUM **OMA** MORGEN DIE KINDER NICHT HÜTEN KANN

DIE TOP-**AUSREDEN**

- ★ Sie muss zum Oma-Yoga.
- ★ Sie geht mal ein Jahr ins Ausland.
- ★ Ihr Theaterabonnement zwingt sie zum regelmäßigen Erscheinen.
- ★ Ihre Pflanzen haben freitags immer Sprechstunde.
- ★ Eine alte Klassenkameradin von ihr wird vierzig.
- ★ Sie gibt Schlagzeug-Unterricht.
- ★ In ihrem Stammlokal ist Ein-Euro-Nacht.
- ★ Sie muss sich auf den Marathonlauf vorbereiten.
- ★ Ihre Katze will mit ihr „Krieg der Mäuse" sehen.
- ★ Ihr Ernährungsberater kommt zum Möhrenauflauf.

Ich bin seit gestern Oma!
Oh! Eine Anfängerin!

ICH SACH JA NIX

„**MEIN ENKELKIND**, wissen Sie, also echt, ein Schnuckelchen! Allerliebst, sage ich nur, aber mal unter uns, die Eltern machen heutzutage doch ein Riesentheater um ihre Kinder, finden Sie nicht auch? Meine Güte, die werden durch zu viel Herzenszucker auch nicht süßer. Die sind schon süß genug. Na, ich sach ja nix.

Rund um die Uhr werden die Kleinen heute doch von Mama und Papa gepampert. Wie nennt man die noch mal, äääähm ... richtig: Helikoptereltern! Manchmal denke ich, die Kinder sind total froh, wenn sie mal allein sein können. Einfach nur daliegen und ihren Gedanken nachgehen oder das machen, was ihnen gerade so in den Sinn kommt, ohne dass alles für sie bereits angerichtet wurde, einfach mal warten, was so an Ideen angeflogen kommt. Ja, sicher, Anregungen sind wunderbar, können aber auch bevormunden und einengen. Big Mother is watching you! Das ist doch Stress. Na, ich sach ja nix.

Aber es kommt ja noch schlimmer, in Zukunft überwachen sie ihre Kinder mit Smartphone-Apps und Ortungsgeräten. Ja, is' wahr, kein Spaß. Als Nächstes implantieren sie ihnen Chips, damit sie immer wissen, wo ihre Kinder sind. Wo bleibt denn da noch Raum für Unsinn und Eigenmächtigkeiten, frage ich Sie. Meine Güte, das war doch für uns das Schönste, ein Geheimnis zu haben, von dem die Eltern nichts wussten. Verborgene Plätze, verbotene Taten, herrlich. Und nicht permanent die fürsorglichen Helikopter-Eltern im Nacken. Im Stadtpark spielen, unter Büsche kriechen, auf Bäume klettern ... Heute ertönt sofort ein Warnsignal, und es erscheinen Mama oder Papa auf dem Handy und mahnen ihre Engel sanftmütig zum Rückzug, sonst ändern sie zu Hause zur Strafe das WLAN-Passwort. Oder wenn die Kleinen heimlich eine Zigarette rauchen, schrillt womöglich gleich ein Alarmton, und eine Löscheinheit rückt an. Na, ich sach ja nix.

Klar, wir haben ja auch unseren Kindern ein Handy mitgegeben, damit sie uns nachts anrufen konnten, wenn sie aus der Disco kamen, aber das stand ihnen frei. Sie konnten es benutzen, wenn etwas schiefgelaufen war. Natürlich hat man Angst um seine Kinder, solange man lebt, aber das Leben hat uns gelehrt, dass die Gefahr ein unberechenbares Miststück ist, das immer von einer völlig unerwarteten Seite kommt. Dauerbetreuung und Überwachung gaukeln die ultimative Sicherheit vor. Furcht hat ja auch eine wichtige Funktion, sie schärft die eigene Aufmerksamkeit und Selbstverantwortung. Na, ich sach ja nix.

Diese ganzen Hilfsmittel sind wie ein Navi, sie schwächen die Selbstständigkeit, machen bequem

Was spielen sie denn da Schönes?
Mit Handy im Sandkasten.

und doof. Irgendwann steht man ohne Navi hilflos in einer Sackgasse und verhungert. Vielleicht sind eines Tages die, die bei ihren Kindern auf dieses ganze digitale Überwachungszeug verzichten, die neuen Rabeneltern in unserer Gesellschaft?! So weit kommt's noch. Oha, ich muss jetzt aufhören, hab gerade eine SMS von meiner Schwiegertochter bekommen, warum ich vor diesem Supermarkt stehe und mich so lange unterhalte. Na, ich sach da nix zu."

UNSCHULDIGE **FRAGEN** UND IHRE SCHULDIGEN **ANTWORTEN**

WAS IST EINE **„OMAGE“?**

„Omage“ kommt aus dem Französischen und bezeichnet die Lobpreisung der Großmutter. Der Franzose ist ja ein großer Charmeur. Die berühmteste Omage stammt von Ludwig XIV. Er hielt sie in Versailles bei der Wahl der schönsten Perücke des Hofes. Leider war seine Oma randvoll mit Champagner und baggerte lieber einen Hofschranzen an – von der Verleihung bekam sie daher so gut wie nichts mit. Chapeau!

SIND OMAS **INTERNATIONAL?**

Ja. Aus Amerika und England weiß man, dass es dort die Oma, also die „grandmother“, und den Opa, also den „grandfather“, gibt. Und was von dort kommt, verbreitet sich in der Regel weltweit. Deswegen kann man davon ausgehen, dass es auch in allen anderen Ländern dieser Welt, wo die Menschen sich vermehren, Omas und Opas gibt. Nur auf den Frigidien, einer unbewohnten Inselgruppe im südlichen Atlantik, nicht. So viel weiß man immerhin.

MUSS MAN EINEN **OMA-SCHEIN** MACHEN?

Erstaunlicherweise nicht. Obwohl unsere aufgeblähte Bürokratie für fast alles einen Schein verlangt, schließlich müssen Millionen Beamte beschäftigt werden. Da aber weder Vater noch Mutter einen Elternschein benötigen, hat der Gesetzgeber offenbar auch bei den Großeltern darauf verzichtet. Es besteht allerdings der Verdacht, dass das bei der nächsten Wahl zum Thema gemacht wird: „Ohne Schein kein Omasein! Wir regeln das."

MUSS SICH EINE OMA IN DER **ÖFFENTLICHKEIT** ALS SOLCHE ZU ERKENNEN GEBEN?

Ja. Hier ist die Gesetzeslage eindeutig. Paragraph 3 Absatz 4 der Verordnung für Eltern-Eltern besagt eindeutig: „Bewegt sich eine Großmutter mit ihrem Enkelkind im öffentlichen Raum, so ist auf Anfrage der Familienstand wahrheitsgemäß zu offenbaren. Dies gilt insbesondere, wenn sie selber gut erhalten und optisch nicht als Großmutter zu erkennen ist. Eine Zuwiderhandlung wird mit einer Betreuungsstrafe von bis zu einem Jahr geahndet."

DARF MAN DAS **HÄUSCHEN** SEINER OMA VERSAUFEN?

Nein. In einem gern gesungenen alten Schlager heißt es: „Wir versaufen unser Oma ihr klein Häuschen."
Unmoralische Texte dieser Art findet man häufig in der Schlagermusik, denken wir doch nur an die Gassenhauer „Wir verspielen Muttis prallen Sparstrumpf" oder „Wir verjubeln Opas dicke Rente". Lieder, die sogar in den deutschen Fußballstadien intoniert werden, speziell in den Fankurven. Für eine abschließende Bewertung solches Verhaltens sollte man jedoch im Voraus ermitteln, ob eine Genehmigung seitens

des Großelternteils für einen derartigen Exzess vorlag oder ob es sich um eine unerlaubte Aktion handelte. Das Maß der Vergebung muss danach von Fall zu Fall individuell ausgehandelt werden.

ERHALTEN OMAS IM **ÖFFENTLICHEN LEBEN** VERGÜNSTIGUNGEN?

Ja. Es gilt, die Augen aufzumachen und Markt und Medien aufmerksam zu beobachten. Vor einigen Jahren warb z. B. eine große Babywarenkette mit dem Slogan „Omasein ist geil!" und

gab auf alle Windeln und Spieluhren 100 % Rabatt. Auch die Aktion eines Zweitwagenherstellers „Ich bin doch keine blöde Mutti!", bei der die Omas beim Kauf eines Zweitwagens einen dritten umsonst dazu bekamen, hatte großen Erfolg. Also, es lohnt sich, aufmerksam zu sein. Das nächste Schnäppchen kommt bestimmt.

KÜSSEN OMAS BESSER?

Nein. Aber auch nicht schlechter. Mütter küssen in der Regel etwas feuchter, Omas eher trockener und kürzer, technisch jedoch noch ausgereifter, wobei sich hier die größere Lebenserfahrung bemerkbar macht. Untersuchungen haben ergeben, dass Omas besonders den Wangenbereich bevorzugen, teilweise auch die Stirn, gelegentlich aber auch mal den Oberkopf. Küsse auf den Mund mögen Enkelkinder generell nicht, diese bleiben allein dem Teddybärchen oder dem Schnuffihund vorbehalten.

DARF OMA HEIMLICH **NASCHIS** VERABREICHEN?

Ja. Laut Yamasuka Naschi, dem Erfinder der Süßigkeiten, fördern Süßigkeiten die Glücksgefühle und tragen damit zu großem Wohlbefinden bei. Das wiederum trainiert die Selbstdisziplin und schafft auf diese Weise die beste Voraussetzung für ein selbstbestimmtes Leben. Aus Angst, dadurch an Autorität zu verlieren, versuchen die Eltern das zu verhindern und sprechen unsinnige Verbote aus, ja sie drohen sogar mit dem Zahnarzt. Ein schändliches Verhalten, denn als Kinder waren sie kein bisschen anders. Das vergessen Eltern ständig.

Nussecken! Mit lieben Grüßen von der Oma!

Dabei ist sie längst Oma!

OMAS UND OPAS **LEBEN LÄNGER**

FORSCHER AUS DEN USA haben herausgefunden, dass Enkelkinder das Leben von Oma und Opa nicht nur bereichern, sondern nachweislich verlängern – und zwar um bis zu fünf Jahre, wie ergänzende australische Studien ergeben haben.

Enkelkinder spenden Liebe und Lebensfreude, regen die Fantasie an, fördern somit die Produktion von Glückshormonen und halten ihre Großeltern körperlich fit.

Seit dieser Veröffentlichung tut sich etwas. Alle Eltern von Kindern, die nun erwachsen geworden sind und in Partnerschaft leben, wollen unbedingt auch dieses Geschenk und damit fünf Jahre mehr Lebenszeit erhalten. Es sei ihnen gegönnt.

Wie motiviert man nun aber junge Paare, die gern ihr Leben ausschließlich in Zweisamkeit genießen, die reisen, spielen, chatten, speisen und genüsslich ausschlafen wollen, sich für ein Kind zu entscheiden, nur weil Oma und Opa in spe sich ein intensiveres und längeres Leben wünschen, ohne Rücksicht darauf zu nehmen, dass sich das Leben der leiblichen Eltern dadurch radikal verändert?

Natürlich macht das eigene Kind gelegentlich auch Freude, aber Sorgen, Verantwortung, Stress und der Verlust persönlicher Freiheiten dominieren eindeutig die Elternschaft, wohingegen ein Enkel das Leben der Großeltern massiv bereichert.

Der VDG (Verein Deutscher Großeltern) empfiehlt den Alteltern zunächst ein Gespräch mit dem jungen Paar zum Thema Fortpflanzung aus Verantwortung den eigenen Eltern gegenüber und durchaus auch als Zeichen der Dankbarkeit dafür, dass man selbst jahrelang aufopfernd und großzügig aufgezogen wurde. Klappt das nicht, darf man schon auch die Gesamtkosten für ihre Familienzugehörigkeit anführen. Hier schwanken die Zahlen je nach Lebensqualität zwischen einer halben und einer ganzen Million. Das ist eine ganze Menge Holz. Bewirkt auch das nichts, sollte man keinesfalls mit Vorwürfen oder Enttäuschung arbeiten, sondern subtilere Wege suchen. Es bietet sich z. B. an, bei Geburtstagen als diskrete Botschaft Sexspielzeug, Fachliteratur zum Thema „Erfüllung durch Fortpflanzung“ oder erotische Bildbände zu schenken und in passenden Momenten kleine Fruchtbarkeitstänze zu zelebrieren. Auch zertifizierte Schamanen, die mit Liebesknochen arbeiten, können hilfreich sein. Manchmal helfen schon Duftkerzen oder Alkoholika. Durchaus bieten sich auch Prämien für Babys an, warum nicht? Zu guter Letzt kann man die Unentschlossenen vielleicht mit der eigenen Familiengeschichte erleuchten, indem man ihnen klarmacht, dass es sie gar nicht gäbe, wenn man sich selbst gegen Kinder entschieden hätte. Das haut rein.

Ich hab zwei Enkel.
Ich drei!
Ich hab fünf Enkel!
Ich sechs!
Ich bin schwanger!

DIE TÄGLICHE **OMA-DISKRIMINIERUNG**

IMMER WIEDER KOMMT es im Alltag zu Konfrontationen zwischen fleißigen Omas, die sich mit ihrem Enkelkind im Supermarkt um die elementare Grundversorgung der Familie kümmern, und den üblichen Werktätigen, die unter einem scheinheiligen Vorwand in die Einkaufswelt flüchten, um eine Zeit lang dreist ihrer Arbeit fernzubleiben. Oftmals geprägt vom rauen Ton ihres Berufes, suchen sie den Konflikt mit arglosen Großmüttern, haben allerdings nicht mit deren Wehrhaftigkeit gerechnet. Nicht umsonst nennt man sie auch „Löwen-Omas"!

MEINE **OMA**

IHRE HAARE WAREN hinten zu einem Dutt gebündelt, sie trug Blusen und Kleider mit kleinen Punkten oder anderen filigranen Ornamenten und dazu stets eine Brosche! Ich glaubte fest, wenn ich ihr die Brosche abnähme, fiele Oma auseinander. Sie lebte in der Wohnung ihrer Tochter und deren Gatten, in einem kleinen, liebevoll eingerichteten gemütlichen Zimmer, das mit unzähligen Accessoires aus ihrem Modeschatz gefüllt war. Wir, mein Vater und ich, besuchten Oma in regelmäßigen Abständen, und immer steckte er ihr Geld zu. „Hier, Muttchen, kauf dir was Schönes." Es war ein liebevoll gespieltes Ritual, als sollte kein Mensch auf der Welt davon wissen. Dazu gehörte auch, dass Oma immer fast verschämt flüsterte: „Aber du sollst doch nicht!"

Mein Vater nannte sie „Muttchen", ich nannte sie korrekt „Omi". Sie wiederum nannte mich „Pummelchen". Dieses Kosewort beschrieb keineswegs mein Äußeres, ich war nämlich absolut dünn und fellfrei. Bei jedem Besuch galt es erst mal eine Hürde zu überwinden, und die hieß Pedro. Pedro, der Pudel, der Omas Zimmertür bewachte. Als Zwergpudel gekauft, zum Riesentier mutiert. Dieses schwarz gelockte Kalb warf sich mit seiner ganzen Hundemasse immer voll maßloser Freude

Ich muss auflegen, Oma braucht Hilfe!

auf mich, während Vater ihm wonnig auf den Rücken drosch. „Mein Guter, mein Guter, ja mein Guter, ja, ja, issa denn unser Guter, ja issa denn?!" Ja, verdammt noch mal, er war unser Guter!

Oma zog mich dann vom Hundeherz weg in ihr Zimmer, wo sie mich an ihres drückte, mich abknutschte und mir in die Bäckchen kniff. Dieses Ausmaß an Zärtlichkeiten erduldete ich wirklich nur von meiner Oma, von keinem sonst. (Der gespitzte Mund meiner kusssüchtigen Tante erinnerte mich immer an das Bohrfutter einer Bohrmaschine und erfüllte mich mit Abscheu.) Oma griff nun flugs in eine Obstschale und beschenkte mich freundlich zwinkernd – mit einer Banane! Anfänglich genoss ich diese schmackhafte Frucht aus dieser genialen Verpackung, deren Aroma sich gleich beim ersten Bissen so wundervoll entfaltete, aber wie mit allen Dingen, die man zu häufig genießt, wurde ich ihrer langsam überdrüssig. Nur Oma blieb eisenhart, wie ihre ganze Generation: Ich bekam unbarmherzig zur Begrüßung meine obligatorische Banane. Längst schon hatte die Zuckerwarenindustrie diese Süßspeise chemisch abgekupfert, alternativ gab es also Bonbons, Schokolade, Lakritze, Lollis, aber für Oma gab es nur Bananen. Möglicherweise wuchs in ihr der Verdacht, dass ich die Banane verkaufen könnte, um diesen ungesunden, synthetischen Alternativen zu verfallen, also musste sie verhindern, dass ich die Frucht außer Haus schaffte. Sie ging plötzlich deutlich rigoroser vor, schälte umgehend die Banane an allen Seiten bis zur Hälfte heraus und hielt mir das weiße Fruchtfleisch wie ein Mikrofon vor die Nase. „Lecker, mein Pummelchen! Iss!" Ich musste reinbeißen und die Frucht ohne Widerworte vor ihren Augen verspeisen, während sie mit gefalteten Händen auf der Brust zufrieden zusah, wie sich mein Gesicht bei der Speisung verbeulte. Auch vorgeschobene Begründungen wie Übelkeit oder Durchfall perlten an Oma ab. „Da ist eine Banane genau das Richtige, mein Pummelchen!" In der Banane steckte für Oma die ganze Kraft und Energie dieser Welt, mit einer kleinen Bananenplantage im Garten könnte einem im Leben nichts mehr passieren.

Bei aller Omaliebe, ich fühlte mich mehr und mehr meiner Entscheidungsfreiheit beraubt, wann und wo ich denn eine Banane zu verköstigen beliebte. Juristisch vorgebildete Leser werden mit Recht die Ansicht vertreten, dass hier unzweifelhaft der Tatbestand der Nötigung, ja wenn nicht sogar der Kindesmisshandlung erfüllt war. Oma interessierte das nicht, in ihrem hohen Alter sah sie einer längeren Haftstrafe gelassen entgegen. Noch heute lebt Oma für mich in jeder Banane weiter.

Boah! Du bist schon Oma?
Wieso? Soll ich dir was vorlesen?

WENN **ENKEL** OMA **FRAGT**

Warum trinken Hunde mit der Zunge?

Weil das viel schöner spritzt.

Was macht der Weihnachtsmann eigentlich das restliche Jahr über?

Bürokram.

Was ist denn eine „Zeitung"?

Social Media der Urgroßmutter.

Warum ruft man beim Niesen „Hatschi"?

Weil sonst keiner „Gesundheit!" ruft.

Warum fällt dass Nutellabrot immer auf die Schokoladenseite?

Weil es sich schämt.

Warum ist der Mond so blass?

Weil es im Weltraum so kalt ist.

Warum haben Kamele Höcker?

Damit man besser auf ihnen hocken kann.

Was ist denn ein Schutzenkel?

Der Schutzengel vom Enkel.

Warum können Vögel fliegen?

Weil sie so schlecht laufen können.

Warum dürfen Hunde nicht im Bett schlafen?

Weil da schon die Katze drinliegt.

Warum ist der Popo hinten?

Damit man besser sitzen kann.

Du fehlst mir, Oma!

OMA-KURSE

WÄHREND DIE WERDENDE MUTTER Bücher über die Schwangerschaft liest und sich mit ihrem Mother-Trainer auf die Geburt vorbereitet, tappt die zukünftige Oma noch im Dunkeln. Wird sie den neuen Herausforderungen gewachsen sein? Hat sie das Zeug zur Oma? Die gute Nachricht: Wandertrainer Omar Brosche bietet ab sofort wieder seine beliebten Oma-Kurse an. Verpflegung und Enkelkinder werden gestellt, man braucht nur ein dickes Fell mitzubringen. Omar arbeitet frei nach Volle Pempers, einer ausgewiesenen Enkelogin, die den Ehrentitel „Oma" wieder mit neuem Leben erfüllte. Später zog sie nach Sansibar und wurde vergessen. Omar Brosche entdeckte ihre Schriften in einem alten Heizungskeller und rettete sie damit vor der Vernichtung. Bis heute, so Brosche, haben Volle Pempers, vier Gebote für ein glückliches Omasein nichts an Kraft verloren. Als da sind:

- **Sage der Mutter nie, was sie alles falsch macht.**
- **Misch dich nur ein, wenn es keiner merkt.**
- **Sei immer auf der Seite deines Enkelkindes.**
- **Richte dir für deine Enkelkinder einen Insta-Account an.**

Der letzte Punkt ist der Beweis dafür, wie prophetisch Volle Pempers schon vor Hunderten von Jahren gedacht hat. Alle Achtung! Schön, dass dieses kostbare Gut gerettet werden konnte.

KINDER SUCHEN jede Möglichkeit, um sich zu messen. Besonders Jungs. Das ist ein völlig normales Verhalten und von großer Wichtigkeit für die Entwicklung ihrer Persönlichkeit bzw. ihres Selbstbewusstseins. Da Kinder ein gutes Gedächtnis haben, erinnern sie sich sehr wohl, dass Oma mal gesagt hat, sie sei in ihrer Jugend eine sensationelle Sportlerin gewesen. Nun erwartet ihr Enkel Beweise. Oma sollte einfach sagen: „Gerne, aber erst, wenn du deine Schularbeiten gemacht hast." Das verschafft ihr Zeit und lenkt das Kind nachhaltig ab.

Jetzt kann ich's Ihnen ja sagen. Ich hab Sie nur bestellt, damit Sie ein bisschen mit meinem Enkel spielen!

OMA SPRÜCHE OPA SPRÜCHE

„Lern **KOCHEN**, Kind. Sonst musst du jemanden heiraten, der es kann – und die sind selten."

★ ★ ★ ★ ★ ★ ★ ★ ★ ★ ★ ★ ★ ★

„Mutti ist die **TORTE**. Oma ist das beste Stück."

★ ★ ★ ★ ★ ★ ★ ★ ★ ★ ★ ★ ★ ★

„Großeltern **STREICHELN** ihre Enkelkinder da, wo sie früher ihre eigenen Kinder gebissen haben."

★ ★ ★ ★ ★ ★ ★ ★ ★ ★ ★ ★ ★ ★

„Mach dir nicht zu viele **SORGEN**. Am Ende geht eh immer irgendetwas schief."

★ ★ ★ ★ ★ ★ ★ ★ ★ ★ ★ ★ ★ ★

„**RUF** deine Oma an. Wenn nicht, werde ich dich trotzdem finden!"

★ ★ ★ ★ ★ ★ ★ ★ ★ ★ ★ ★ ★ ★

„**SCHLAF** immer genug, außer du hast Spaß. Dann vergiss den Schlaf!"

★ ★ ★ ★ ★ ★ ★ ★ ★ ★ ★ ★ ★ ★

Psst! Nicht so laut! unser Enkelkind schläft.

Sollen Oma und Opa noch weiter auf mich aufpassen, oder soll ich sie ins Bett bringen?

NICHT LANG PLAGEN – OMA FRAGEN!

HANDTÜCHER werden von beiden Seiten gleichmäßig abgenutzt, wenn man oben und unten einen Aufhänger annäht. So wird die Nutzung gerecht verteilt und Handtücher und Fußtücher kommen sich nicht in die Quere.

EINEN WUNDEN BABYPO einfach trockenföhnen, erst dadurch wird er richtig entfeuchtet, auch wunde Stellen heilen schneller. Dieses Heil- und Wohlgefühl erhält sich das Kind bis ins hohe Alter. Um den Stromverbrauch zu senken, kann man das Baby auf dem Bauch auch zehn Minuten in die Sonne legen.

DAS VERLIEREN VON KLEINKINDERN im allgemeinen Trubel kann man verhindern, wenn man dem Kind ein Hals- oder Armband mit GPS-Tracker anlegt. Bewährt hat sich auch ein Mützchen mit ausfahrbarer, rotierender Alarmlampe.

DAMIT DAS KIND NICHT AUS DEM BETT FALLEN kann, lege man ein Keilkissen vorn unter die Matratze. So rollt das Kind immer in Richtung Wand. Und stößt sich da nur mächtig den Kopf.

BABYNAHRUNGSGLÄSER mit Schraubdeckel bitte nicht wegwerfen! Darin kann man im Herbst allerlei Kompott einwecken. Auch als Gewürzbehälter, Zahnersatzdepot oder Wetterfroschstation lassen sich die Gläser vorzüglich nutzen.

PFIRSICHBLÜTEN eignen sich hervorragend als mildes Abführmittel für Kinder. Man mischt sie unbemerkt in die scharfe Bohnensuppe oder als Gurke getarnt in einen Hamburger.

RUTSCHIGE GLÄSER flutschen den Kleinen gerne aus den Händchen. Einfach ein paar Gummiringe umspannen, schon gibt es Halt. Man kann den Kindern natürlich auch den Umgang mit glitschigen, zerbrechlichen Gläsern verbieten und ihnen aus den Gummiringen lieber ein ordentliches Katapult bauen. Damit lässt sich weitaus mehr wunderschöner Unsinn anstellen.

BLÄHUNGEN LINDERT MAN, indem man dem Kind kreisend das Bäuchlein streichelt. Was bei Erwachsenen hilft, kann bei Kindern gewiss nicht schlecht sein. Berührungen sind ein probates Mittel, sie sind nicht verschreibungspflichtig und schaffen Nähe. Im politischen Leben ist diese Form der gegenseitigen Hilfe längst verlorengegangen.

Wie süß! Wie heißt denn ihr Enkel?
Tschet-Dschipiti!

UM ZU VERHINDERN, DASS DAS KIND DEN KLINGELKNOPF VERWECHSELT, den eigenen Knopf einfach mit rotem Nagellack markieren. So läutet das Kind nie mehr beim Nachbarn. Dafür drückt es dann freudig viel häufiger auf Alarmknöpfe.

DIGITALE FRÜHERZIEHUNG erreicht man, indem man dem Kleinkind eine Handyattrappe ins Bettchen legt. So kann das Kleinkind schon tippen, drücken, wischen und kleine Selfies machen und lernt somit spielerisch, was zukünftig das Wichtigste in seinem Leben sein wird. Als erste Follower bieten sich Oma und Opa an.

GLATTE LEDERSOHLEN lassen das Baby leicht ausrutschen und hinfallen. Einfach die Sohlen mit Sandpapier aufrauen oder mit Gummilösung bestreichen; die Schuhe haften dadurch viel besser. Aber Vorsicht, dass das Baby nicht mit der Sohle in Berührung kommt!

KINDERHOSEN sollten immer etwas zu groß gekauft werden. Wenn man zu lange Hosen nach außen schlägt, hat man bei Herauslassen des Saumes keine abgescheuerten Kanten mehr. Anfallende Kosten für Psychotherapien, weil das Kind wegen seiner aufgestauchten Hosenenden permanent gehänselt wird, tragen keine Krankenkassen.

Ich glaub, Hamilton will mit!
Tut mir leid! Heut sitzt Oma mal vorne!

KINDERAUGEN SCHONT MAN, indem man grelle Birnen mit einem Lampion verkleidet. Alternativ bieten sich auch Affenmasken oder alte, aufgeschnittene Fußbälle an.

NÄGELKAUEN ist oft auch auf Ernährungsfehler zurückzuführen. Dagegen helfen oft Tomaten. Und zwar nicht die Fingerchen reinstecken, sondern verspeisen.

SPINAT sollte nicht mehr aufgewärmt werden, er entwickelt nämlich Nitrit, das zu Vergiftungen führen kann. Viel nützlicher ist es, wenn sich Mutti aus dem Spinat einfach noch eine Gesichtsmaske macht.

KINDER MÖGEN KEINE HAUT AUF DER MILCH. Diese lässt sich verhindern, wenn man nach dem Kochen die Milch in einem kalten Wasserbad unter Umrühren abkühlt. Die Haut lässt sich aber auch gefahrlos abschöpfen und als hübscher Schmuck an die Lampenschale hängen.

WENN DER STUHLGANG BEIM BABY WEISS IST, ist das ein Zeichen von Kohlenhydratmangel und ein Signal von zu einseitiger Milchzufuhr. Das lässt sich alles mit Essen regeln, ansonsten mal mit Dortmund probieren.

Mein Enkelkind beherrscht sogar schon die Hauchzeichen!

Sohn von Elon Musk trifft auf Ur-Urenkelin von Adam Ries(e)

OMA VS. GOOGLE

IHRE TOCHTER WAR SCHWANGER, sie würde Oma werden. Ihr Glück war nicht zu beschreiben.

Sie war mit ihrem Mann im Wohnmobil vor die Entbindungsklinik gefahren, um in diesem denkwürdigen Augenblick hautnah dabei zu sein. Als der kleine Junge auf der Welt war, hielt sie ihn als eines der ersten Familienmitglieder im Arm und gab ihn nur schweren Herzens wieder her.

Sie hatte selbst drei Kinder auf die Welt gebracht und kannte diese Erschöpfung und die glückstrunkene Sprachlosigkeit ihrer Tochter angesichts ihres neugeborenen Babys nur zu gut.

Auch ihr Leben würde jetzt als Oma einen neuen Sinn bekommen, würde reicher werden, vor allem aber könnte sie jetzt ihrer Tochter mit Rat und Tat aus ihrem reichen Erfahrungsschatz zur Seite stehen.

Opa freute sich auch riesig über sein Enkelkind, hatte allerdings schon Probleme, das kleine Wesen überhaupt richtig zu halten, aber Frauen sind eben naturgemäß involvierter als Männer.

In der Zeit des Wochenbettes besuchte sie ihre Tochter, so oft es ging, und langsam wurde ihr klar, dass sie wohl gern gesehen war, ihre Ratschläge allerdings weniger. Alles, was ihre Tochter wissen wollte, fragte sie Google.

Sie kannte die Kulturen der Geburtstechniken zurück bis zum Anbeginn der Menschheit, sie kannte die berühmtesten Gynäkologen und Hebammen, sie kannte alle Wickel- und Tragetechniken, wusste alles über Hygiene und Pflege, über Babyhaut und Babybad. Sie konnte aus den Lauten und dem Stuhlgang ihres Babys jede Befindlichkeit deuten. Sie kannte alle Kinderkrankheiten und die Gefahren falscher Ernährung, wusste, wie viel Schlaf Mutter und wie viel Vater, wie viel Oma und Opa und wie viel Schlaf ein Baby braucht. Und sie wusste ganz genau, welche unverzichtbaren Produkte die Hersteller von Babyartikeln für ihr Kind bereithielten. Sie wusste alles.

Und Oma wusste nun auch, dass der Algorithmus sie vom Thron stoßen wollte – aber da kannte er Oma nicht! Mit ihr auf dem gemütlichen Sofa, eingebettet in dicke Kuschelkissen und die schönsten Erzählungen und Kinderbücher, das war das pure Enkelkinderglück und von keinem I-Pups dieser Welt zu ersetzen.

Schnell, wünsch dir was, aber nicht Oma sagen!
Opa!

BÜCHER VON BUTSCHKOW *die Spaß bringen!*

ISBN 978-3-8303-4566-4

ISBN 978-3-8303-3676-1

ISBN 978-3-8303-6419-1

ISBN 978-3-8303-6382-8

LAPPAN
BÜCHER & KALENDER,
DIE SPASS BRINGEN

Peter Butschkow,
1944 in Cottbus geboren, lebt seit mehr als 30 Jahren in Norddeutschland hinter dem Deich. Er ist Vater und Großvater, veröffentlicht in diversen Zeitungen und Zeitschriften und hat als Autor über 150 Bücher und Kalender veröffentlicht.

www.butschkow.de

1. Auflage 2025

– Überarbeitete Neuausgabe –

© 2025 Lappan Verlag in der Carlsen Verlag GmbH,
Völckersstraße 14–20, 22765 Hamburg

ISBN 978-3-8303-4565-7

Alle Rechte vorbehalten. Das Werk darf – auch teilweise – nur mit Genehmigung des Verlages wiedergegeben werden.

Wir behalten uns die Nutzung unserer Inhalte für Text- und Data-Mining im Sinne von § 44b UrhG ausdrücklich vor.

Mit Fragen zur Produktsicherheit wenden Sie sich bitte an:
carlsen.de/kontakt

Texte und Cartoons: Peter Butschkow

Lektorat: Antje Haubner

Herstellung und Gestaltung: Monika Swirski

FOLLOW US!
facebook.com/lappanverlag
Instagram.com/lappanverlag

LAPPAN.DE
LAPPANKALENDER.DE

PRODUZIERT MIT VERANTWORTUNG

FSC www.fsc.org
MIX
Papier | Fördert gute Waldnutzung
FSC® C002795